HAROLD
et le
CRAYON VIOLET

de
Crockett Johnson

traduit de l'américain par
Anne-Laure Fournier le Ray

Ulysses Press

1 3 5 7 9 10 8 6 4 2

ISBN: 978-1-61243-164-2

Harold and the Purple Crayon French language version published by
Ulysses Press, P.O. Box 3440, Berkeley, CA 94703; www.ulyssespress.com
Published by arrangement with HarperCollins Publishers

Printed in the United States by Bang Printing

Un soir, après y avoir bien réfléchi, Harold décida d'aller faire une promenade au clair de lune.

Mais il n'y avait pas de lune, et Harold avait besoin d'une lune pour une promenade au clair de lune.

Et il avait besoin d'un chemin pour marcher
dessus.

Il fit un chemin bien droit, pour ne pas se perdre.

Et il partit en promenade, son crayon violet à la main.

Mais ce long chemin bien droit ne conduisait nulle part.

Alors il quitta le chemin par un petit
raccourci à travers champs. Et la lune le
suivit.

Le raccourci conduisait à un endroit où il aurait dû y avoir une forêt, pensa Harold.

Il ne voulait pas se perdre dans les bois. Alors il fit une toute petite forêt, avec un seul arbre dedans.

L'arbre se révéla être un pommier.

Les pommes seront délicieuses, pensa
Harold, quand elles seront mûres.

Alors il mit un dragon effrayant sous l'arbre,
pour garder les pommes.

Ce dragon était terriblement effrayant.

Il effraya même Harold, qui recula.

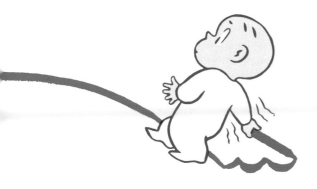

Sa main, qui tenait le crayon violet, trembla.

Soudain, il comprit ce qui se passait.

Trop tard, il était tombé à l'eau.

Il réfléchit à toute vitesse.

En un clin d'œil, il grimpa sur une jolie petite barque.

Il hissa vite la voile.

Et la lune navigua avec lui.

Quand il eut assez navigué, Harold fit un
rivage sans problème.

Il accosta sur une plage, se demandant où il
se trouvait.

La plage de sable rappela à Harold des pique-
niques. Le souvenir des pique-niques lui
donna faim.

Alors il installa un joli pique-nique tout simple.

Il n'y avait rien que des gâteaux.

Mais il y avait les neuf sortes de gâteaux
qu'Harold préférait.

Quand Harold eut fini son pique-nique, il y
avait beaucoup de restes.

Il ne supportait pas de voir autant de bons
gâteaux gaspillés.

Alors Harold laissa les restes à un cerf affamé
et à un brave porc-épic.

Puis il repartit, à la recherche d'une colline
pour voir où il se trouvait.

Harold savait que plus il irait haut, plus il pourrait voir loin. Alors il changea la colline en montagne.

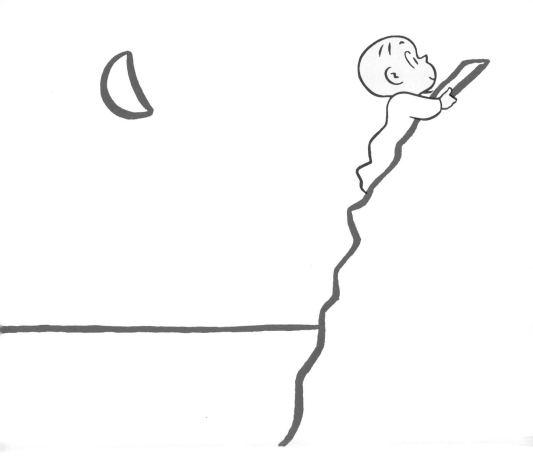

S'il montait assez haut, pensait-il, il pourrait
peut-être voir la fenêtre de sa chambre.

Il était fatigué et il sentait qu'il serait mieux au lit.

Il espérait voir la fenêtre de sa chambre du
haut de la montagne.

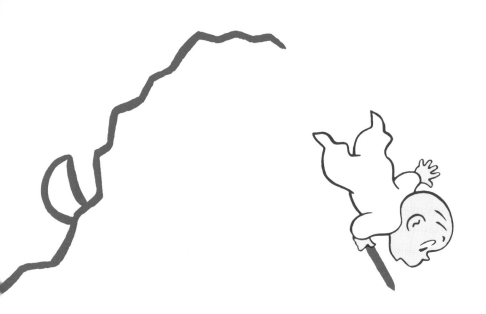

Mais au moment de regarder de l'autre côté,
il glissa…

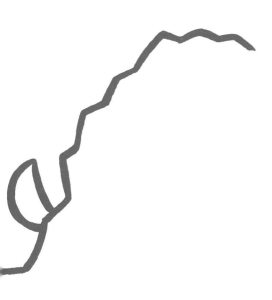

Et il n'y avait pas d'autre côté. Il tombait, dans l'air léger.

Mais heureusement, il avait encore ses
bonnes idées et son crayon violet.

Il fit un ballon et s'accrocha à lui.

Puis il fit un panier sous le ballon, assez grand pour tenir dedans.

Il avait une belle vue depuis le ballon, mais il ne voyait pas sa fenêtre. Il ne voyait même pas de maison.

Alors il fit une maison, avec des fenêtres.

Et il posa le ballon sur une pelouse, juste
devant.

Aucune des fenêtres n'était sa fenêtre.

Il réfléchit pour savoir où elle pouvait se
trouver.

Il fit d'autres fenêtres.

Il fit un grand immeuble rempli de fenêtres.

Il fit plein d'immeubles remplis de fenêtres.

Il fit une ville entière remplie de fenêtres.

Mais aucune de ces fenêtres n'était sa fenêtre.

Il n'avait aucune idée de là où il se trouvait.

Il décida de demander à un policier.

Le policier montra la direction qu'Harold
prenait de toute façon. Mais Harold le
remercia quand même.

Et il continua à marcher avec la lune, rêvant de sa chambre et de son lit.

Lorsque tout à coup, Harold se rappela
quelque chose.

Il se rappela l'endroit où se trouvait sa fenêtre, quand la lune brillait dans le ciel.

Sa fenêtre se trouvait exactement autour de la lune.

Ensuite Harold fit son lit.

Il grimpa dedans et dessina une couverture.

Le crayon violet tomba par terre.

Harold tomba de sommeil et s'endormit.

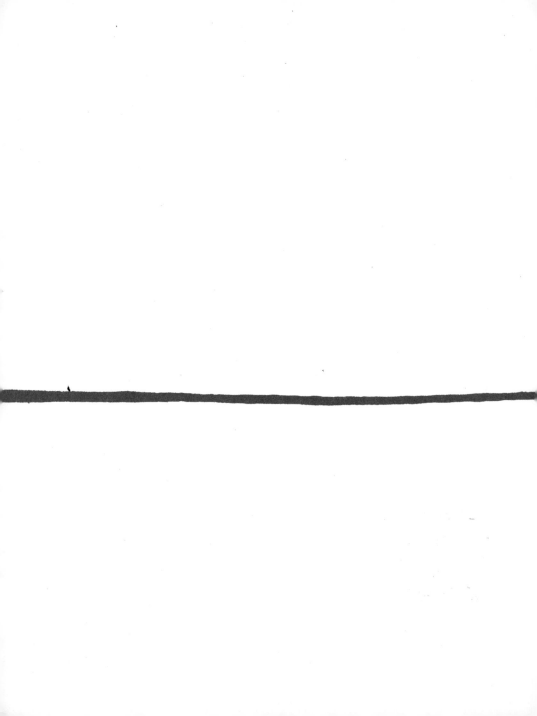